FOLIO CADET

Traduit de l'anglais
par Stéphane Carn

Maquette : Karine Benoit

Titre original : *Akimbo and the Baboons*
Édition originale publiée par Bloomsbury Publishing, Plc

Imprimé en Espagne par Novoprint (Barcelone)

Alexander McCall Smith

Akimbo et les babouins

illustré par Peter Bailey

GALLIMARD JEUNESSE

Cher lecteur,

Les babouins n'ont pas que des admirateurs. Certains les trouvent laids et querelleurs. On leur reproche de ne pas aimer beaucoup les humains, et c'est un fait : les babouins ont tendance à se méfier des hommes. Ils ont parfois de bonnes raisons de nous fuir... Mais ce ne serait pas leur rendre justice que de les dépeindre comme des laiderons agressifs et belliqueux. Car en y regardant de plus près, ce sont des animaux très attachants et bien plus proches de nous que nous ne voulons l'admettre !

J'ai pu observer de nombreux babouins, lors de mes voyages, et je suis toujours enchanté d'en croiser sur mon chemin. J'adore les voir courir le long de la route ou se poster dans les arbres, d'où ils peuvent mieux surveiller les environs. Naturellement, à moins de les étudier un certain temps, il nous est difficile de comprendre leur comportement. Pour mieux les connaître, il faut les observer plusieurs semaines, voire plusieurs mois d'affilée.

Lors de mon dernier voyage au Botswana, j'ai rencontré un groupe de zoologues qui étudiaient des colonies de babouins depuis des années. Ils ont même écrit un livre sur ces animaux qu'ils connaissent si bien. Cet ouvrage décrit en détail leur conception du monde et la façon dont ils coexistent avec leurs amis (ou leurs ennemis), et s'organisent, au sein des clans qu'ils forment.

Ce livre-ci est nettement plus bref et moins détaillé, mais j'espère qu'il vous permettra d'en savoir un peu plus sur ces étonnants babouins qui ne demandent, tout comme nous, qu'à vivre heureux et en paix.

Bien amicalement,

Alexander McCall Smith

CHAPITRE 1

Des visiteurs de marque !

Certains jours s'annoncent palpitants, dès les premières heures de la matinée, et celui-là avait commencé sur les chapeaux de roue.

L'année scolaire venait de s'achever. Akimbo avait devant lui plusieurs semaines de liberté, durant lesquelles il pourrait faire tout ce qui lui plairait. Ça aurait suffi à son bonheur mais en plus, ce matin-là, son cousin Kosi était arrivé. Il venait passer trois semaines de vacances dans la réserve. Les deux garçons étaient pratiquement du même âge : notre ami était né deux jours avant son cousin, ce qui faisait une sacrée différence, aux yeux d'Akimbo !

Kosi adorait venir chez son « grand » cousin. Ils faisaient une bonne paire d'amis et, pour le petit citadin, c'était toute une aventure que de s'installer pour trois semaines dans la réserve animalière que dirigeait le père d'Akimbo. Kosi avait attendu les vacances avec impatience, en comptant les jours qui le séparaient du moment où Akimbo et son père viendraient le chercher à la gare avec le camion de la réserve.

Les deux garçons étaient donc ravis et surexcités, ce matin-là, quand ils transportèrent les bagages de Kosi dans la chambre qu'il partagerait avec Akimbo. Et ce n'était pas tout !

– Aujourd'hui, nous attendons une autre visite, annonça le père d'Akimbo. Nous avons la Dame des Babouins à déjeuner.

Akimbo lui lança un regard surpris.

– La Dame des Babouins ? s'étonna-t-il.

De quoi son père voulait-il parler ? Il ne savait pas qu'il existait une Dame des Babouins ! Était-ce une vraie « dame babouin » – la reine des babouins en personne, peut-être ? Ou alors une dame qui vivait entourée de babouins apprivoisés ?

La perplexité d'Akimbo fit sourire son père.

– Non, dit-il, cette dame n'est pas un babouin ! C'est une zoologue spécialisée dans l'étude de ces animaux. Elle en connaît un rayon sur le sujet, tu peux me croire !

Akimbo ne put réprimer une petite pointe

de déception. Recevoir la visite d'une « dame babouin », quelle aventure... ! Il avait toujours rêvé d'apprivoiser un babouin ; ils étaient encore plus futés que les singes. Ils auraient pu jouer, tous les trois, avec Kosi. Et comme une « dame babouin » se devait d'avoir de bonnes manières, elle aurait même pu prendre ses repas à table avec eux, en famille ! Mais non... En fait, ça n'était qu'une banale zoologue. Pas de quoi en faire un plat !

– Je suis sûr que vous vous entendrez très bien avec elle, poursuivit son père. Figure-toi qu'elle a vécu plusieurs mois avec des babouins. Ils avaient fini par l'adopter, et la traitaient comme un membre de leur groupe.

Kosi éclata de rire.

– Elle partageait leur nourriture ?

– Ça, il vaut mieux le lui demander directement, répondit le père d'Akimbo. Tu lui poseras la question au déjeuner !

Les deux compères eurent fort à faire, et l'heure du déjeuner arriva en un clin d'œil. La « dame des babouins » restait invisible, mais quand la mère d'Akimbo appela le bureau pour annoncer que le repas était servi, les garçons en virent sortir son père en compagnie d'une jeune dame blonde, portant un grand sac en bandoulière.

– Bonjour ! dit-elle en serrant la main aux deux garçons. Je m'appelle Jenny, mais vous pouvez m'appeler par mon diminutif : Jen.

Akimbo la trouva immédiatement agréable et sympathique. Elle avait un joli sourire et un regard qui pétillait, comme si elle venait d'entendre quelque chose d'amusant ou qu'un bon mot lui brûlait les lèvres. Kosi lui-même semblait conquis.

Akimbo était curieux de savoir ce qu'elle voulait étudier à la réserve. Il n'était pas rare que des scientifiques demandent à son père d'observer les animaux. Ils avaient toujours des tas de projets en cours.

Certains venaient compter les populations de telle ou telle espèce. D'autres voulaient baguer ou marquer les animaux, afin d'étudier leurs migrations. D'autres encore prélevaient des échantillons sanguins qu'ils faisaient analyser par des laboratoires. Pour certains animaux, c'était relativement facile ; mais pour d'autres, cela imposait de les endormir à l'aide de fléchettes de somnifère. L'opération pouvait se révéler dangereuse, non seulement pour l'animal, mais aussi pour la personne, qui devait s'en approcher suffisamment avant de tirer la fléchette.

Au cours du déjeuner, les projets de Jen se précisèrent.

– Peut-être pourriez-vous expliquer aux garçons ce que vous comptez faire ? lui demanda le père d'Akimbo. Je suis sûr que ça va les passionner.

– Vous vous intéressez aux babouins, les garçons ? s'exclama Jen. Eh bien, ça ne m'étonne pas, car ce sont des animaux formidables. Ils sont très proches de nous, vous savez… Ils se conduisent pratiquement comme vous et moi !

Elle entreprit de leur expliquer son projet. Avec l'accord du père d'Akimbo, les rangers lui avaient construit une petite hutte en pleine nature, dans une zone de la réserve où vivait une colonie de babouins. C'est là que Jennifer passerait les deux prochaines semaines, de nuit comme de jour, à étudier les mœurs des babouins.

– Ce que j'aimerais observer plus particulièrement, dit-elle, c'est la façon dont ils se partagent la nourriture.

Akimbo ouvrit de grands yeux. Il n'aurait jamais cru que ces animaux puissent être

partageurs. Au contraire, il aurait juré qu'ils appliquaient la règle du « premier arrivé, premier servi » !

– Est-ce qu'ils se la partagent, vraiment ? s'étonna-t-il.

– Mais oui, fit Jen. Peut-être pas toujours, mais ils le font très souvent. Je m'intéresse de très près au sujet.

Jusque-là, Kosi avait gardé le silence. Mais cette fois, il se lança :

– Tiens, pourquoi ? demanda-t-il.

Akimbo trouva sa question un peu simplette, mais Jen la prit très au sérieux.

– Parce que ça nous permet de mieux comprendre comment les babouins voient le monde, répliqua-t-elle.

Les garçons méditèrent là-dessus un bon moment, puis Jen se tourna vers les parents d'Akimbo.

– Peut-être pourriez-vous autoriser Akimbo et Kosi à m'accompagner une journée, pour voir ce que je fais. Je pense que ça les intéressera beaucoup.

Du regard, le père d'Akimbo consulta sa femme qui parut hésiter une seconde, avant de hocher la tête.

– D'accord, fit-elle. Mais à condition qu'ils promettent de ne pas faire de bêtises !

– Le jeune ranger qui m'accompagnera s'occupera d'eux. Je pense qu'il ne verra aucun inconvénient à les surveiller un peu...

Le père d'Akimbo gardait les yeux fixés sur son assiette, l'air un tantinet embarrassé.

– En fait, je crains d'avoir un petit problème de personnel en ce moment, annonça-t-il. Il se trouve que j'ai deux rangers en congé maladie, et que... eh bien, je n'aurai aucun homme de disponible, ces deux prochaines semaines.

Un ange passa. Personne ne trouvait rien à ajouter quand, sans crier gare, Akimbo brisa le silence :

– Mais nous, on pourrait le faire ! lâcha-t-il. Nous pourrions vous servir d'assistants, Kosi et moi. Oh, Jen ! S'il vous plaît... dites oui !

Le silence revint. C'était au tour du père d'Akimbo de se prononcer.

– Alors là…, commença-t-il.

Akimbo craignait d'essuyer un refus de la part de son père… mais Jen, elle, semblait persuadée du contraire.

– Oh, merci ! s'exclama-t-elle avec gratitude. Je suis sûre que vous ferez des assistants parfaits ! Ils me seront très utiles, et feront bien attention – n'est-ce pas, les enfants ?

Akimbo et Kosi hochèrent vigoureusement la tête. Problème résolu !

■■■ CHAPITRE 2 ■

Dans la brousse

Ils avaient fort à faire, ce jour-là, s'ils voulaient être prêts pour le lendemain. Jen avait apporté tout son matériel pour ces deux semaines de brousse, mais il fallait faire les bagages de Kosi et d'Akimbo, et prévoir des provisions supplémentaires. Heureusement, les placards de la mère d'Akimbo en regorgeaient et elle put leur fournir tout ce dont ils auraient besoin.

– Moi qui n'ai jamais fait de camping ! s'extasia Kosi. Ce que j'ai hâte !

Akimbo était tout aussi impatient. Pour lui, bien sûr, aller en brousse n'avait rien d'extraordinaire. Il y avait souvent accompagné son père mais, cette fois, c'était différent. Il partait quinze jours sans ses parents, et ça lui donnait l'impression d'être tout à coup très grand.

Et ce n'était pas tout… Jen leur avait promis que puisque Kosi et Akimbo allaient participer à son travail, elle leur verserait un petit salaire journalier. Akimbo se sentait donc investi d'une grande mission. Jusque-là, il avait toujours rendu service sans être payé mais, cette fois, il s'était décroché un vrai job.

Le lendemain matin, au moment du départ, Kosi et Akimbo aidèrent Jen à tout charger dans son camion et à bien amarrer les paquets en vue du trajet qui s'annonçait cahoteux. Ils allaient devoir emprunter des pistes défoncées, pleines d'ornières et de nids-de-poule. Il ne fallait rien casser pendant le voyage. Jen avait emporté des appareils fragiles, dont une lunette sur pied pour observer les animaux de loin, et une grosse caméra qui devait coûter très cher. Elle tenait à ce que tout arrive en bon état.

Il leur fallut cinq heures pour rejoindre l'emplacement où les attendait la hutte. Cinq heures épuisantes dans une brousse dense, de hautes herbes et d'arbres touffus. Plus d'une fois, Jen dut arrêter le camion pour faire le point et vérifier leur position. Enfin, Akimbo aperçut la hutte que les rangers avaient construite à proximité d'une colline tapissée de gros blocs de granit.

– Regardez ! s'écria-t-il. C'est là-bas !

Jen fit sortir le camion de la piste et ils parcoururent les cent derniers mètres de leur éprouvant voyage à travers des herbes drues, qui leur arrivaient à la taille. C'était comme de rouler dans un océan vert, songea Akimbo, tandis que les grandes herbes s'écartaient devant le pare-chocs du camion.

Ils s'arrêtèrent tout près de la cabane. Elle était minuscule et aurait très bien pu

échapper à un œil non exercé. Les rangers l'avaient construite avec des branches et des troncs de jeunes arbres qu'ils avaient solidement plantés dans le sol, avant de les lier entre eux à l'aide de lianes. Une planche de contreplaqué tenait lieu de porte et le toit était fait de quelques bottes de chaume.

– Parfait ! déclara Jen, en inspectant leur nouveau gîte. Vu le peu de jours que nous allons y passer, ça devrait suffire !

Mais pour nos deux amis, cette cabane était un vrai palace. Elle leur paraissait tout à fait confortable, même s'il n'y avait pas de fenêtre pour laisser entrer la lumière. Le sol était de terre battue et l'on avait réuni quelques pierres au milieu de l'unique pièce, pour faire du feu.

– C'est formidable ! fit Akimbo en déroulant son sac de couchage à même le sol. Si on faisait une flambée ?

Jen lui suggéra d'attendre le soir pour allumer le feu mais elle leur demanda d'aller chercher une provision de bois qu'ils utiliseraient le moment venu.

Puis il fallut décharger le camion et installer le campement. Au milieu de l'après-midi, tout était prêt.

– Et maintenant ? demanda Akimbo. Est-ce que nous allons nous mettre tout de suite à la recherche des babouins ?

Jen secoua la tête.

– Non, dit-elle. Mieux vaut les laisser nous découvrir les premiers. Ils vivent tout près d'ici et ce sont des animaux très curieux. Il ne nous reste plus qu'à patienter.

– Et s'ils ont peur de nous ? s'enquit Kosi.

– C'est peu probable, répondit Jen. Ces babouins n'ont pratiquement jamais vu d'êtres humains. Ils seront sur leurs gardes, mais pas vraiment effrayés. En général, les animaux qui n'ont pas l'expérience de l'homme ne sont pas très farouches.

Ils s'armèrent donc de patience et attendirent. Akimbo avait des fourmis dans les jambes. Il aurait donné n'importe quoi pour pouvoir partir à la découverte des environs, mais les directives de Jen étaient claires :

rester assis près de la cabane sans faire de bruit, jusqu'à ce que quelque chose se produise…

Et tout à coup, effectivement, ils entendirent quelque chose.

Le premier signe fut un bref aboiement, du côté de la colline. Akimbo crut d'abord reconnaître un chien sauvage, mais Jen avait levé la main, l'index pointé vers les hautes herbes. Elle affichait un sourire plein d'espoir. Ça devait être un babouin.

Quelques minutes plus tard, tandis qu'Akimbo regardait dans la direction opposée, il y eut quelques mouvements vifs, en lisière de la clairière. Et au bout d'un certain temps, une silhouette brune surgit des hautes herbes. Leur premier babouin.

Quand l'animal aperçut nos trois amis assis sur un tronc d'arbre, près de la cabane, il se figea sur place. Puis, dressé sur ses pattes arrière, il observa longuement ces trois inconnus. Au bout d'un certain temps,

il se laissa retomber sur son séant et leur montra les dents – de grandes dents jaunes, aussi pointues que des crocs. Akimbo songea qu'il ne devait pas être agréable d'être mordu par un babouin.

– Ne bougeons pas..., chuchota Jen. Laissons-lui le temps de s'habituer à notre présence.

Le babouin les surveilla ainsi un certain temps, avant de disparaître comme il était venu.

– Il est reparti ! fit Kosi, un brin déçu.

– Pas pour longtemps, tu vas voir !

Jen avait vu juste. Quelques minutes plus

tard, le grand babouin réapparut, cette fois escorté par plusieurs membres de la colonie, dont une femelle qui portait un bébé accroché à son dos. Le petit avait la tête en bas, mais semblait enchanté de la balade.

Les babouins s'assirent pour mieux observer leurs visiteurs humains. Ils lâchaient de petits bruits, des grognements ou des toussotements, comme s'ils étaient en grande discussion. Que pouvaient-ils bien se dire ? se demanda Akimbo. Utilisaient-ils un vrai langage, propre aux babouins, ou n'était-ce qu'un échange de bruits ?

Comme Akimbo se posait toutes ces questions, Jen se leva tout à coup. Les babouins sursautèrent, prêts à prendre la fuite, mais se rassirent bientôt.

– À votre tour, les garçons, dit Jen. Levez-vous, sans faire d'autre geste. Mettez-vous juste debout.

Akimbo et Kosi obéirent, sous l'œil curieux des babouins qui les lorgnaient

avec un mélange de méfiance et d'intérêt. Puis, au bout de deux minutes, le premier babouin émit un grognement et tout le groupe fit demi-tour avant de s'enfoncer dans les hautes herbes.

Jen se frotta les mains et lança un coup d'œil satisfait à ses deux assistants. Elle semblait enchantée.

– C'est parfait ! déclara-t-elle. Ils nous ont bien détaillés. Demain, ils nous reconnaîtront et nous pourrons les approcher sans provoquer de mouvement de panique.

Les garçons avaient espéré voir davantage les babouins, mais c'était déjà un début et il leur restait pas mal de choses à faire – le feu, en particulier. L'après-midi touchait à sa fin et il fallait songer au dîner. Ils s'activèrent donc, tout à leurs préparatifs. Et aucun des trois n'eut le temps de trop penser à la nuit qui tombait et à ce qu'elle pouvait leur réserver.

■ CHAPITRE 3 ■■■

Fausse alerte

Après le repas, Jen et ses deux assistants vinrent s'asseoir à l'entrée de la hutte, l'oreille tendue vers les bruits de la nuit africaine. On distinguait en fond sonore la stridulation des insectes, un crissement continu et perçant qui leur parvenait par vagues, tantôt plus fortes et tantôt atténuées. De temps à autre, il en émergeait d'autres sons : le cri d'un oiseau de nuit, le grognement de quelque bestiole détalant dans les fourrés... La nuit vibrait d'une foule de bruits.

D'ailleurs, il ne faisait pas vraiment noir. À peine le soleil eut-il plongé sous l'horizon qu'une lune presque pleine s'éleva au-dessus des collines, illuminant la brousse d'une lueur pâle qui transformait le monde entier en un lieu mystérieux, peuplé d'ombres et de formes obscures. Là-bas... était-ce un buisson ou un éléphant ? Un buisson, sans doute... Mais n'avait-il pas bougé... ? « Non, ce n'est que le vent », les assura Jen. Ce sacré vent, toujours lui... !

Puis vint l'heure de se coucher. Ils avaient apporté leurs duvets et s'étaient confectionné des matelas de feuilles et d'herbes sèches. Akimbo mit deux grosses bûches dans le foyer, au centre de la cabane, et cela les rassura, tandis qu'ils s'apprêtaient à dormir, emmitouflés dans leurs sacs de couchage.

– J'espère qu'il n'y a pas de lions dans le secteur..., glissa Kosi, d'une toute petite voix.

Cette cabane n'avait vraiment rien à voir avec la chambre où il dormait, en ville,

dans l'appartement de ses parents. Il était un peu inquiet.

– Il y en a, mais ils n'entreront jamais dans cette cabane. La présence du feu les éloignera. Ne t'en fais pas.

Mais Kosi n'était pas rassuré du tout, et il était bien content d'être avec son grand cousin – c'était dans ce genre de situation que leurs deux jours d'écart prenaient toute leur importance !

Akimbo se réveilla le premier, au beau milieu de la nuit. Il n'aurait su dire ce qui l'avait tiré du sommeil. Un bruit, sans doute. Un lion, peut-être… ? À son grand soulagement, les braises de leur feu brillaient encore. Il tendit l'oreille.

Le bruit se produisit à nouveau, cette fois nettement plus distinctement et Akimbo le reconnut. C'était un aboiement, poussé par un babouin. Il y en eut d'autres, de plus en plus forts et de plus en plus perçants. Jen finit par se réveiller à son tour, ainsi que Kosi.

– Qu'est-ce qu'il y a ? demanda Akimbo dans un murmure.

– On dirait qu'il se passe quelque chose du côté de la colline, fit Jen, en se frottant les yeux pour en chasser le sommeil.

– Si on allait voir ? suggéra Akimbo.

Jen hésita. Il fallait avoir une bonne raison pour s'aventurer dans la brousse à la nuit tombée. Mais à présent, les cris furieux des babouins avaient fait place à de véritables hurlements.

Jen sortit de son sac de couchage.

– D'accord, dit-elle. Allons-y. Nous prendrons des lampes torches.

Les garçons émergèrent à leur tour de leurs sacs de couchage et enfilèrent leurs chaussures – à son habitude, Akimbo secoua plusieurs fois les siennes, au cas où un scorpion s'y serait installé pour la nuit. Puis, à la queue leu leu derrière Jen, ils s'enfoncèrent dans la brousse en direction des cris angoissés que poussaient les babouins.

La colonie s'était installée pour la nuit dans les rochers, au pied de la colline. Pour les babouins, c'était l'endroit idéal. Entre les blocs de granit, ils trouvaient des cavités et des interstices où ils se glissaient, nichés les uns contre les autres, bien en sécurité et bien au chaud. Comme ils approchaient des rochers, Jen demanda aux garçons d'éteindre leurs lampes pour pouvoir découvrir ce qui se passait, sans effrayer davantage les babouins.

Ils eurent d'abord un peu de mal à distinguer les ombres des babouins et celles des rochers, en dépit du clair de lune. Puis ils s'accroupirent en silence pour scruter les lieux. Peu à peu, ils parvinrent à reconnaître les animaux et à suivre leurs mouvements. Cinq ou six d'entre eux avaient escaladé les rochers et s'étaient postés au sommet du monticule, d'où ils poussaient des cris et des aboiements épouvantés, en s'agitant à qui mieux mieux. Les autres aussi jappaient, tapis dans leurs caches entre les blocs de pierre. Les parois de roc réverbéraient leur clameur.

– Il y a vraiment quelque chose qui ne tourne pas rond, chuchota Jen, accroupie juste devant Akimbo. Quelque chose doit les…

Elle n'eut pas le temps d'achever. Au même instant, Akimbo poussa un bref cri et se jeta sur elle pour la plaquer à terre. Il parvint à la maintenir au sol, tandis que la silhouette sombre d'un gros animal s'élançait à l'endroit même qu'elle occupait une seconde plus tôt. Simultanément, Akimbo eut la présence d'esprit d'allumer sa lampe torche. L'ombre continua sur sa lancée,

mais se trouva prise une fraction de seconde dans le rayon de la lampe, juste le temps de leur faire comprendre à quel point Jen l'avait échappé belle : ce qui avait bondi au-dessus d'eux était un léopard ! À présent, le fauve avait disparu derrière eux, dans la masse obscure des fourrés.

Pendant un long moment, nos trois amis furent incapables d'émettre un son. Puis Jen se releva, s'épousseta et alluma sa propre lampe torche. Non loin de là, quelques-uns des babouins les plus hardis s'étaient risqués hors de leur citadelle de rocher pour venir observer leurs visiteurs inattendus. Un grand mâle s'avança de quelques pas, en grognant et en renâclant bruyamment. Ce signal parut calmer le reste de la compagnie, qui cessa d'aboyer et de hurler à la mort.

– C'était donc ça ! fit Jen. Ils avaient repéré le léopard, leur ennemi mortel.

Puis, se tournant vers notre ami, elle lui serra la main.

– Tu m'as sauvé la vie, Akimbo ! Ce léopard aurait pu me faire très mal, si tu ne m'avais pas plaquée à terre.

Akimbo ne savait trop que dire. Il n'avait rien fait d'héroïque ; tout s'était passé si vite qu'il n'avait pas eu le temps d'avoir peur ! Il avait vu cette ombre surgir et avait compris que Jen était en danger. Ses réflexes avaient fait le reste…

Ils reprirent en silence le chemin de la hutte. Akimbo était content. Ils avaient mis en fuite l'ennemi juré des babouins et Jen

s'en était sortie sans une égratignure. Les choses auraient pu très mal tourner, évidemment... mais ça, mieux valait ne pas y penser.

Quelques minutes plus tard, ils étaient à nouveau bien au chaud dans leurs sacs de couchage, autour d'un bon feu dont ils avaient ranimé les braises et qui brillait de toutes ses flammes, assurant leur sécurité dans la nuit africaine, jusqu'au matin.

CHAPITRE 4

La leçon du déjeuner

– Les babouins risquent d'être un peu perturbés, aujourd'hui, leur annonça Jen le lendemain. La plupart du temps, ils parviennent à monter la garde et à assurer leur propre sécurité, mais il leur arrive de se laisser surprendre. Les léopards s'attaquent aux individus isolés, à la périphérie du clan. En ce cas, toutes les chances jouent en faveur du prédateur, et le sort de la proie est vite scellé…

Akimbo hocha la tête. Ayant grandi dans une réserve, il savait que c'était la loi de la nature. Mais ça le rendait triste, rien que d'y penser.

Ils marchaient sans faire de bruit dans les broussailles pour rejoindre un point d'observation situé tout près de la colline, d'où ils pourraient étudier les babouins tout à leur aise. Comme Jen le leur avait expliqué, les animaux ne s'éloigneraient guère de leur base, après l'alerte de la nuit précédente. Ils attendraient un jour ou deux avant de se remettre en quête de nourriture.

Elle avait vu juste. En arrivant à destination, ils aperçurent les grands babouins assis sur les rochers, tandis qu'en contrebas les jeunes jouaient et se poursuivaient à grands cris.

– Ils adorent jouer, dit Jen tout en installant sa lunette à l'ombre d'un grand arbre. Regardez ces deux-là, là-bas…

Akimbo et Kosi suivirent la direction qu'elle leur indiquait du doigt. Deux petits

babouins, à peine plus gros que des chats, avaient roulé ensemble dans la poussière. Puis ils se relevèrent, et l'un d'eux attrapa la queue de son compagnon et tira brusquement dessus, tandis que l'autre faisait volte-face et tentait de l'éloigner en lui envoyant de grandes claques et en lui montrant les dents. Après quoi, ils roulèrent à nouveau à terre, jusqu'à ce que leur attention soit détournée par l'arrivée d'un autre jeune babouin qui passait par là.

– Ils établissent des liens d'amitié à très long terme, expliqua Jen, en regardant dans sa lunette. Et ils vivent en famille.

– Comme nous ? demanda Akimbo.

– Presque ! Il existe tout de même quelques petites différences. Tu vois ce groupe, là-bas, près des petits qui jouent ? Je suis presque sûre qu'ils forment une famille. Mais le groupe est exclusivement composé de femelles et de petits. Les mâles se sont réunis un peu plus loin, par là-bas. Tu les vois ?

Elle leur fit signe de venir les observer dans la lunette. Akimbo regarda le premier. Il vit quelques grands babouins, assis près d'un rocher plat, qui semblaient scruter les environs au-dessus des herbes, comme s'ils montaient la garde.

– Ce sont les sentinelles, lui expliqua Jen. Ils doivent surveiller les déplacements du léopard, ou de toute autre source de danger. Ils nous ont vus, mais je pense qu'ils ont compris que nous ne les menacions pas.

– Est-ce qu'ils se rappellent que nous avons mis le léopard en fuite, hier soir ? demanda Kosi.

– Ça ne serait pas impossible, répondit Jen. Ils sont très intelligents. Mais il est toujours délicat de dire ce que pense un animal. Il ne faut pas s'imaginer qu'ils se représentent les choses comme nous.

– Mais vous disiez qu'ils pouvaient se faire de vrais amis..., lui rappela Akimbo.

– Oui, ce qui nous laisse supposer qu'ils éprouvent de véritables sentiments les uns pour les autres. Tiens, regarde... Voilà comment ils se manifestent leur affection.

Elle avait pointé le doigt sur un petit groupe de babouins, assis tout près des jeunes. C'était le tour de Kosi d'utiliser la lunette et, dès qu'il parvint à l'orienter vers ce groupe, il lâcha un petit cri émerveillé.

– Elle est en train de peigner sa copine ! Regardez ! Elle passe ses doigts dans sa fourrure, comme un peigne.

– Ça s'appelle l'épouillage, fit Jen. Ils peuvent s'adonner à ce petit jeu des heures durant. Ils adorent s'occuper les uns des autres. C'est ce qui leur permet de nouer des liens d'amitié durables, parfois pour toute la vie.

Au cours des quelques heures qui suivirent, les garçons restèrent sous l'arbre près de la lunette, avec Jen qui ne cessait d'écrire dans son calepin. Il n'y avait pas grand-chose à faire. De temps à autre, Jen leur demandait de compter les babouins qui composaient tel ou tel groupe, tandis qu'elle écrivait les résultats. Ce n'était pas très palpitant mais, comme le leur expliqua la zoologue, pour étudier le comportement des animaux, il faut commencer par noter des foules d'observations. Le travail d'abord – mais ensuite, quel plaisir !

– La récompense finit toujours par arriver… ça, faites-moi confiance ! leur dit-elle.

Et quelques heures plus tard, juste au moment où Akimbo commençait à se dire que les babouins ne feraient pas grand-chose de plus ce jour-là, deux d'entre eux quittèrent soudain le groupe pour s'approcher de leur arbre.

– Ne leur faites pas peur, murmura-t-elle. Laissez-les approcher.

Les babouins avancèrent encore un peu, avant de s'arrêter net et de s'asseoir. Ils les

observaient en silence, les yeux braqués sur eux, comme pour tenter de comprendre ce que fabriquaient ces trois étranges créatures sous cet arbre. Puis ils firent encore quelques pas d'un air dégagé, comme s'ils voulaient donner l'impression qu'ils se trouvaient là par hasard et ne faisaient que passer… Après quoi, ayant gagné encore plusieurs mètres, ils s'assirent à nouveau, les yeux toujours fixés sur nos amis.

Au bout de quelques minutes de ce petit jeu, les deux babouins ne furent plus qu'à quatre ou cinq mètres de l'arbre. Akimbo et Kosi distinguaient la moindre de leurs expressions, à présent. Ils pouvaient les observer tout à loisir. Du coup, leurs visiteurs les regardaient, eux aussi, les yeux écarquillés, comme s'ils se livraient à un concours de grimaces.

Jen ne put réprimer un sourire.

– Ils tentent de nous dire quelque chose, murmura-t-elle. Ils veulent nous rappeler que nous sommes ici sur leur territoire et que nous aurions dû leur demander leur autorisation, avant de nous y installer…

Puis tout se passa si vite que ni Akimbo ni Kosi n'eurent le temps de réagir. Quand ils avaient aperçu les babouins, les garçons étaient en train de savourer le pique-nique qui composait leur déjeuner. Pour mieux observer les animaux, ils avaient alors posé leurs sandwichs, en se disant qu'ils les termineraient plus tard – c'était du moins ce qu'ils espéraient… Car les babouins, eux, ne l'entendaient pas de cette oreille !

En poussant une exclamation soudaine, les deux compères se ruèrent sur les sandwichs et s'en emparèrent – puis, aussi vite qu'ils avaient fondu sur eux, ils firent demi-tour et détalèrent avec leur butin, jusqu'à ce qu'ils s'estiment à bonne distance. Là, ils se rassirent et entreprirent d'engloutir ce qui restait des sandwichs.

– Notre déjeuner ! s'écria Akimbo, indigné.

Jen éclata de rire.

– Je suis désolée pour vous, les garçons,

mais voilà une chose que j'ai apprise à mes dépens, quand j'ai commencé à étudier les babouins. Ils ont la main leste !

– C'est pas juste ! protesta Kosi.

Il avait encore faim et le reste des provisions était à la hutte.

– Eux, ils n'y voient aucune injustice. Ils avaient un petit creux, ils ont repéré vos sandwichs... pour eux, ça coulait de source !

Jen avait raison, une fois de plus. Akimbo et Kosi échangèrent un regard résigné. Le mieux était d'en rire, car toute la scène avait été d'une désarmante drôlerie. Quant aux babouins, ils semblaient enchantés de ce bon tour !

– Bien joué, les gars ! leur cria Akimbo. Alors, vous vous régalez ? Pas mauvais, ces sandwichs, hein ? Qu'est-ce que vous en dites ?

Les deux babouins s'arrêtèrent de mastiquer et le lorgnèrent comme s'ils l'écoutaient mais, ayant la bouche pleine, ils se dispensèrent de répondre.

Akimbo se tourna vers la zoologue :

– Dites donc, Jen... Vous ne trouvez pas que le plus petit a une drôle de façon de marcher ?

– Si, fit Jen, en hochant la tête. Il m'a l'air de boiter un peu... C'est ça ?

– Oui, fit Akimbo. C'est sa patte arrière gauche. Elle est très enflée.

– Il s'est peut-être fait mordre par le léopard, fit Kosi. À moins qu'il ne se soit pris un coup de griffe... ?

– Peut-être, fit Jen. En tout cas, ça n'a pas l'air d'avoir calmé sa soif d'aventure ! ajouta-t-elle en riant.

CHAPITRE 5

Tommy et Ben

Les jours suivants, les babouins durent se rassurer, car ils commencèrent à se risquer de plus en plus loin pour trouver de la nourriture. Seuls quelques-uns des mâles partaient en expédition. Les mères et les jeunes restaient au campement et Jen en profitait pour les observer longuement, à la jumelle ou à la lunette. Elle notait tout ce qui se passait dans les rochers et dans les arbres occupés par la colonie.

– Pour l'instant, je me contente de faire connaissance avec eux, expliqua-t-elle aux garçons. Mais je reviendrai un peu plus tard, cette année, et je resterai plus longtemps.

Elle avait d'abord tenté d'établir qui était qui, dans la tribu. Au fur et à mesure qu'elle identifiait les babouins, elle leur donnait des noms. Elle avait déjà repéré le chef de la bande, un grand mâle qui aboyait d'une voix puissante et hargneuse et qu'elle avait baptisé Hobo. Mais elle laissait à ses assistants le soin de trouver des noms pour certains autres. Akimbo avait ainsi baptisé les deux lascars de la veille – ceux qui leur avaient volé leurs sandwichs. Il les avait appelés Tommy et Ben, en souvenir de deux de ses camarades de classe. Ben était celui qui boitillait.

– Les vrais Tommy et Ben sont très voraces, eux aussi, dit-il en riant. Et à l'occasion, comme nos deux amis, ils peuvent avoir la main leste !

– D'accord, fit Jen en riant. Va pour Tommy et Ben !

Mais Tommy et Ben – les babouins – pouvaient faire preuve d'une curiosité tout aussi grande que leur gourmandise. Deux ou trois jours après cette première rencontre, ils parurent s'intéresser à nouveau à ce qui se passait sous l'arbre et revinrent rendre une petite visite à nos amis.

Cette fois, il n'y avait rien à chaparder mais, loin de se laisser décourager, ils s'approchèrent encore plus. Ils étaient presque à portée de main des deux garçons et de la zoologue.

Akimbo en profita pour bien regarder la patte de Ben et, effectivement, elle était enflée. Sous la fourrure, on apercevait une plaie sombre et purulente qui semblait infectée.

– Cette blessure n'a pas l'air de vouloir guérir, murmura-t-il. Regardez, Jen... On dirait que ça lui fait mal, quand son poids porte dessus.

– Ça pourrait être à peu près n'importe quoi, fit Jen. Si nous n'avions pas remarqué qu'il boitait il y a déjà trois jours, j'aurais pensé à une piqûre de scorpion. Les babouins ont la mauvaise habitude de jouer avec les scorpions et se font souvent piquer. Mais depuis avant-hier, l'enflure aurait dû se résorber…

Akimbo regarda attentivement la patte de Ben qui le fixait en retour, l'air très intéressé.

– Regardez ! fit Akimbo en tirant sur la manche de Jen. Je crois qu'il a la patte prise dans un morceau de fil de fer !

Il avait aperçu le fil de fer au moment où Ben avait changé de position, allongeant sa patte blessée. Ça sautait aux yeux, à présent… il n'y avait plus aucun doute.

– Ah ! dit-elle. C'était donc ça. Pauvre bête. Ça doit le faire terriblement souffrir. Il s'est pris la patte dedans et, regarde… Ça lui a entamé la peau.

À l'idée des souffrances que devait endurer le pauvre Ben, Akimbo fit la grimace.

– Il faut trouver le moyen de l'aider, Jen. On ne peut pas le laisser comme ça !

Jen fronça les sourcils.

– Moi non plus, je n'aime pas voir souffrir les animaux, dit-elle. Mais je ne sais pas ce que nous pourrions faire. Nous n'arriverons pas à l'immobiliser le temps d'enlever ce fil de fer. Si nous essayons de l'attraper, nous risquons de nous faire mordre.

Mais Kosi eut une idée :

– Et si nous l'endormions, avec une de ces fléchettes de somnifère qu'utilisent les rangers… ? Nous n'aurions plus qu'à attendre qu'il tombe de sommeil pour le soigner.

– Ce serait une bonne idée, si nous avions des fléchettes, dit Jen. Mais hélas, je n'en ai pas dans mes bagages.

– Mais nous avons un filet ! dit Akimbo. Nous pourrions utiliser la moustiquaire que vous suspendez au-dessus de votre sac de couchage, la nuit…

Jen n'était pas très convaincue.

– Tu crois vraiment que nous pourrions l'attraper avec ? Ça m'étonnerait.

– Mais ça n'a rien d'impossible ! Nous savons déjà qu'il est très glouton. Si nous laissons des provisions en évidence ici, il va venir les prendre. Et nous en profiterons pour lancer le filet sur lui !

– Ça l'empêchera de bouger, le temps qu'Akimbo lui enlève le fil de fer qui lui blesse la patte, suggéra Kosi.

– Exactement ! renchérit Akimbo. Ça a de bonnes chances de marcher. S'il vous plaît, Jen ! Vous voulez bien que nous essayions ?

Jen hésita encore un peu avant de se laisser fléchir, mais elle finit par admettre que rien ne les en empêchait.

– Je ne sais pas dans quel état je retrouverai ma moustiquaire, dit-elle avec un petit soupir de regret. Mais vous avez raison, les garçons : le plus important, c'est de venir en aide à ce pauvre Ben.

Le lendemain, ils arrivèrent à leur poste d'observation plus tôt que d'habitude. Ils suspendirent le filet de gaze à l'une des branches à l'aide d'un long cordon que l'on pouvait dénouer à distance. Quand on le relâchait, la moustiquaire tombait tel un nuage de gaze blanche, recouvrant tout ce qui se trouvait dessous. Ils firent plusieurs essais avec Kosi dans le rôle de Ben, et ce fut très concluant : le filet de gaze retomba sur Kosi, l'ensevelissant sous des plis dont il eut bien du mal à se dépêtrer.

– N'oubliez surtout pas que Ben a les dents beaucoup plus pointues que celles de Kosi, et qu'il n'hésitera pas à s'en servir ! les prévint Jen.

Akimbo savait qu'ils allaient devoir être très prudents. Heureusement, Jen avait apporté des gants dans ses bagages, au cas où elle aurait à manipuler l'un des babouins. Elle déclara qu'elle les mettrait et qu'elle tiendrait fermement la tête de Ben, pendant qu'Akimbo lui enlèverait le fil de fer. Quant à Kosi, il aurait pour mission de lui immobiliser les pattes avant, pour l'empêcher de griffer.

– À trois contre un, nous ne risquons rien, fit Akimbo.

– À trois contre deux, tu veux dire, rectifia Jen, sur le ton de la mise en garde.

Akimbo la regarda sans comprendre.

– N'oublie pas que les babouins s'entraident, lui rappela-t-elle. Tommy assistera

à toute la scène et risque de vouloir venir en aide à son ami. Ils seront donc deux contre nous.

Akimbo n'avait pas pensé à ce détail. Il fronça les sourcils, l'air contrarié. Un deuxième babouin qui pourrait les attaquer pendant qu'ils tenteraient de soigner Ben, voilà qui risquait de tout faire capoter !

– Ne t'inquiète pas, lui dit aussitôt Jen. Je crois que j'ai une idée. Écoutez plutôt…

Akimbo et Kosi l'écoutèrent attentivement, tandis qu'elle leur exposait la solution qu'elle entrevoyait. Puis les deux garçons retournèrent à toutes jambes à la hutte pour rassembler les quelques accessoires nécessaires au bon déroulement du plan de Jen. Un plan très amusant, selon Akimbo – d'autant plus qu'il avait de bonnes chances de réussir !

■■■ CHAPITRE 6 ■

SOS Babouins

Le lendemain, quand ils revinrent sous leur arbre, ils étaient un peu plus chargés que d'habitude. Akimbo portait la moustiquaire ; même pliée et roulée bien serré, elle restait assez encombrante. Kosi était chargé d'un sac à provisions et Jen d'une grande boîte de mélasse et d'un long bâton.

Cette boîte de mélasse était un cadeau de la mère d'Akimbo. Les garçons adoraient le goût sucré et le parfum de réglisse de la mélasse dont ils se faisaient de délicieuses tartines.

– Êtes-vous sûre que les babouins aiment la mélasse autant que nous, Jen ? demanda Akimbo, comme ils quittaient la hutte.

Cette fois, c'était lui qui semblait avoir quelques doutes sur leurs chances de succès. Mais Jen avait confiance en son plan.

– Ils en raffolent, répliqua-t-elle. Ils sont incapables d'y résister !

À cela, Akimbo ne trouva rien à objecter. Il souhaitait que leur plan marche, bien sûr, mais il y avait tellement de choses qui pouvaient échapper à leur contrôle…

– Espérons, murmura-t-il.

Ils poursuivirent leur chemin et ne tardèrent pas à arriver en vue de leur arbre. Akimbo posa la moustiquaire par terre, tandis que Kosi, qui était un excellent grimpeur, escaladait le tronc. Puis il s'avança lentement le long d'une branche, surplombant Jen et Akimbo. Là, il fit passer une cordelette par-dessus la branche en laissant

les deux extrémités pendre jusqu'au sol. Attrapant l'une d'elles, Akimbo la noua au filet et Kosi put redescendre de son perchoir.

Jusque-là, les babouins étaient restés invisibles.

– Ils doivent être partis chercher de la nourriture, dit Jen. Mais n'ayez crainte ! Ils reviendront. Nous n'avons plus qu'à attendre.

Cette fois encore, elle avait raison. Au bout de quelques heures qui leur parurent interminables, les babouins étaient de retour. Nos amis entendirent d'abord les aboiements familiers – ces petits jappements revêches grâce auxquels les babouins communiquent entre eux. Puis ils aperçurent des mouvements dans les hautes herbes et des silhouettes qui se glissaient parmi les rochers.

Quelque chose semblait mettre les babouins en émoi, à en juger par les grognements et les aboiements furibonds qu'ils échangeaient en escaladant les rochers. Il y eut soudain un couinement indigné et deux jeunes s'éloignèrent du groupe pour courir se réfugier sur un autre rocher où ils se mirent à pousser des cris perçants en montrant les dents aux autres.

Jen observait tout cela avec grand intérêt.

– Ils ont dû se faire rappeler à l'ordre, expliqua-t-elle à ses assistants. Ce sont deux jeunes mâles. Ils se sont fait chasser par un mâle plus âgé.

– Pourquoi ? s'enquit Kosi. Qu'est-ce qu'ils ont fait ?

– Ils ont dû lui manquer de respect, répondit Jen en riant. Les babouins sont très chatouilleux sur le chapitre de la politesse. Leur société est très hiérarchisée. Certains individus sont plus importants que d'autres. Il y a les dominés et les dominants et, de temps en temps, ces derniers doivent rappeler aux autres qu'ils sont les patrons !

– Ça me paraît un peu injuste, fit Akimbo.

À ses yeux, cela revenait à régner par la force, mais c'était la loi parmi les animaux sauvages. Le plus fort imposait sa volonté ; les plus jeunes et les plus faibles n'avaient qu'à obéir.

Il était temps d'installer le piège. Jen pensait qu'il suffirait de déposer la nourriture à terre au pied de l'arbre pour que les babouins la flairent.

Avec un peu de chance, Tommy et Ben s'approcheraient comme la veille, attirés par la curiosité.

Pendant une bonne heure, rien ne se produisit, et Akimbo commençait à se demander si leur plan n'allait pas capoter. Peut-être Tommy et Ben n'avaient-ils plus faim ? S'ils revenaient d'une petite expédition où ils avaient trouvé de quoi manger à satiété, ils risquaient d'être moins intéressés par leurs provisions.

Ce fut Kosi qui donna l'alarme.

– Je crois que je vois quelque chose, dit-il dans un souffle, en tirant sur la manche de Jen. Regardez… Là-bas !

C'étaient bien Tommy et Ben. Les deux jeunes babouins s'étaient détachés du groupe et se faufilaient dans les hautes herbes en direction du poste d'observation de nos amis. Ils n'étaient plus qu'à quelques dizaines de mètres, et ils étaient manifestement très intéressés par les sandwichs.

– Pourvu que Ben arrive le premier, chuchota Akimbo. Allez, Ben..., viens vite ! Hmmm... ! Viens voir ce qu'on t'a apporté.

Tout se passa comme si le jeune babouin l'avait entendu. Tommy resta assis à distance

prudente. Il avait l'air nettement plus anxieux que Ben, qui, quoique plus petit, semblait le plus intrépide des deux. Ben s'avança bravement en regardant de temps à autre vers les intrus qui l'observaient, mais il était nettement plus attiré par les friandises disposées sous l'arbre. Et au-dessus de lui, suspendue juste à l'aplomb des sandwichs, se balançait la moustiquaire…

Il parut hésiter à franchir les derniers mètres. Akimbo et ses amis retenaient leur souffle. Puis, après un bref coup d'œil en direction des humains, Ben avança la main vers les provisions.

C'était le signal qu'attendait Akimbo. Il tira un coup sec sur la cordelette pour libérer le filet qui s'écroula en un tourbillon de gaze, tel un grand parachute blanc qui emprisonna le babouin.

Ben poussa un cri déchirant, mais il était pris au piège dans la moustiquaire et ne pouvait s'en dépêtrer. Jen s'approcha et

resserra le filet autour de lui pour l'immobiliser. Il se débattait en hurlant comme un forcené, mais ses efforts ne parvenaient qu'à l'empêtrer davantage.

En voyant le filet s'abattre sur Ben, Tommy avait bondi en arrière, épouvanté. Mais sa première frayeur passée, il se ravisa et s'avança vers le tas de gaze blanche, pour voir s'il pouvait aider son congénère – et ce faisant, il gronda d'un air menaçant pour éloigner les intrus : « Ne touchez pas à mon ami ! » semblait-il dire.

Au signal de Jen, Akimbo mit à exécution la seconde phase du plan : il avança une longue perche au bout de laquelle se balançait un morceau de pain enduit d'une bonne couche de mélasse, bien collante et bien visqueuse. Tommy se retourna et lorgna le pain d'un œil méfiant.

– Vas-y, Tommy ! Mmmh… ! La bonne tartine ! murmura-t-il.

Bien sûr, le babouin ne comprenait rien à ses paroles, mais ce qu'il vit du premier coup d'œil, ce fut cette friandise dont s'échappait un parfum alléchant.

Comment résister à un tel cadeau ?

Impossible ! La tentation était trop forte pour le jeune babouin. Avançant la main, il saisit le morceau de pain imbibé de sirop de canne. Et il eut aussitôt les doigts pleins d'une substance gluante, ce qui parut le prendre de court. Il entreprit alors de se lécher les doigts et, trouvant le sirop délicieux, il s'absorba dans cette tâche. Il eut bientôt toute la figure et le menton enduits de mélasse. Cette sensation, inédite pour lui, semblait le déconcerter totalement, malgré l'envie qu'il avait de continuer à se régaler…

Pendant que Tommy était aux prises avec cet exquis dilemme, Jen et les garçons s'activèrent autour de Ben. Jen parvint à sortir la patte blessée des plis de la moustiquaire. Comme elle effleurait la plaie, le babouin poussa un cri de douleur étouffé sous le filet. Ça allait être très douloureux pour lui, mais il fallait le faire. Akimbo avait apporté une paire de pinces coupantes et ils se hâtèrent de couper le fil de fer, pour délivrer Ben.

Jen leur montra le morceau de fil de fer qu'Akimbo venait de détendre. Le métal était plein de poils arrachés et de sang séché.

– Ça devait lui faire affreusement mal, dit Jen. Regardez-moi ça ! Ça s'était littéralement incrusté dans la chair !

Après avoir désinfecté la plaie, ils déployèrent la moustiquaire et rendirent sa liberté à Ben. Cette dernière opération se révéla délicate, car le jeune babouin se débattait toujours en criant à tue-tête. Mais ils finirent par le dégager du filet. Cela fait, Ben fila sans demander son reste, en traînant un peu la patte. Il s'arrêtait de temps à autre pour lécher sa blessure et Tommy lui emboîta le pas – en se léchant non seulement les mains, mais tout le pelage : il était couvert de mélasse !

CHAPITRE 7

Hors piste

Le séjour de nos amis n'était pas fini. Pendant les quelques jours qui les séparaient du retour, il ne se passa rien de particulier du côté des babouins. Un après-midi, une femelle mit bas et ses congénères parurent s'intéresser beaucoup à l'événement, comme si tout le groupe avait tenu à se réunir autour des nouveau-nés pour les accueillir et leur souhaiter la bienvenue. Mais tout le monde n'était pas autorisé à approcher des petits. Seuls un ou deux des amis de la mère pouvaient les toucher. Jen observa soigneusement tout cela et en prit note. À présent, elle avait appris à reconnaître chacun des membres du groupe et avait établi leurs rang et place dans l'échelle sociale de la tribu.

C'était leur dernier jour à leur poste d'observation. Jen surveillait les allées et venues des babouins et les garçons n'avaient rien de spécial à faire. Quand Akimbo lui demanda s'ils pouvaient aller se promener de l'autre

côté de la vallée pour explorer un peu le secteur, elle n'y vit aucun inconvénient.

Ils n'avaient relevé aucune trace de lions dans le secteur. Si Akimbo et Kosi ne s'éloignaient pas trop, ils pouvaient se promener sans danger. Quant au léopard, il ne devait pas être dans les parages car le comportement des babouins aurait aussitôt changé.

Les deux garçons partirent donc en suivant le lit d'un cours d'eau à sec. Ils aperçurent des singes dans les arbres, sur les rives du ruisseau, et toute une famille de phacochères qui trottinaient dans la brousse avec leurs petites queues relevées comme des hampes de drapeaux. Mais à part ça, tous les animaux de la brousse semblaient faire la sieste.

Ils marchaient depuis un certain temps, quand Akimbo aperçut des traces d'autruches.

– Nous pourrions les suivre, proposa-t-il à son cousin. Tu as déjà vu des autruches ?

Kosi n'avait jamais eu l'occasion d'en voir et l'idée lui plut beaucoup. Les garçons

se mirent donc à remonter la piste laissée par les grands oiseaux. Le père d'Akimbo lui avait appris à reconnaître les traces des animaux et il était tout fier de mettre ses connaissances en pratique. Dans cette partie de la vallée où le sol était sablonneux, les traces étaient bien nettes et faciles à suivre.

Kosi trouvait l'aventure palpitante. Il écoutait attentivement les explications d'Akimbo. Une série d'empreintes pouvait livrer une foule d'indices ! Certains découlaient du simple bon sens : si le sol où s'étaient imprimés les pattes ou les sabots était encore humide, cela signifiait que les empreintes étaient récentes et que l'animal venait juste de passer. C'était une déduction très logique. Pas la peine d'être un grand pisteur pour y avoir pensé !

Mais d'autres détails étaient nettement plus subtils. Kosi n'aurait pas soupçonné qu'on pouvait connaître la vitesse d'un animal rien qu'en observant ses traces... Akimbo lui expliqua comment.

– Tu vois ces empreintes, là ? lui dit-il.

Elles sont très écartées, n'est-ce pas ? Cela signifie que l'animal courait vite. Il devait être très pressé. Et si elles avaient décrit un brusque virage, ça aurait voulu dire qu'il avait un prédateur aux trousses…

La leçon se poursuivit un certain temps. Les garçons étaient arrivés au fond de la vallée qui débouchait dans une grande plaine, un peu plus loin. Jusque-là, ils n'avaient eu aucun mal à suivre les traces des autruches mais, dans la plaine, cela s'annonçait plus difficile.

– Elles ont dû se réfugier là-bas, dit Akimbo, le doigt pointé vers un bouquet d'arbres qui se dressait, au loin.

Kosi hocha la tête, mais une légère hésitation avait percé dans la voix de son cousin. Akimbo savait-il vraiment où étaient allées les autruches, ou n'était-ce qu'une simple supposition de sa part ?

Ils marchèrent encore une heure ou presque, avant de capituler. Akimbo s'arrêta et s'assit sur un rocher.

– Je suis désolé, dit-il, mais je crois qu'on a perdu leur trace. Il y a trop d'herbe, ici. On ne voit plus rien par terre.

– Ce n'est pas grave, fit Kosi en jetant un coup d'œil au soleil qui était à présent très haut dans le ciel. De toute façon, il commence à être temps de rentrer au camp.

Akimbo se leva en s'étirant, et observa les alentours.

– Oui, dit-il. Il est grand temps.

Là, il marqua une pause. Il avait espéré qu'il lui suffirait de survoler le paysage du regard pour reconnaître immédiatement la direction du camp. Mais à présent, à sa grande surprise, il constatait que ça n'était pas si simple. En fait, il n'en savait fichtre rien !

Il regarda Kosi qui soutint son regard en haussant les épaules.

– Excuse-moi, Akimbo, mais je n'ai pas fait attention. Je n'ai pas la moindre idée de l'endroit où nous sommes – il réfléchit un instant. Et si nous essayions de remonter nos propres traces, pour retrouver notre chemin ?

L'idée était bonne, mais d'un coup d'œil au sol, Akimbo comprit que ce serait impossible. Suivre des traces dans le sable, c'était une chose, mais dans l'herbe, c'en était une autre ! En fait, on n'y voyait rien et cela faisait plus d'une demi-heure qu'ils marchaient dans une sorte de grande prairie.

– On est perdus, c'est ça ? demanda Kosi, les larmes aux yeux.

Akimbo secoua la tête.

– Mais non, voyons ! Regarde… je suis sûr que nous sommes arrivés par là !

Il avait pointé l'index sur une petite colline de granit.

Kosi, lui, n'avait aucun souvenir d'être passé par cette colline, mais il n'avait pas le choix. Il était bien obligé de faire confiance à Akimbo et de le suivre.

Ils marchèrent, marchèrent, marchèrent. Des heures d'affilée. Une fois arrivés au pied de la colline, ils comprirent qu'ils faisaient fausse route et revinrent sur leurs pas. Puis Akimbo changea d'avis et ils obliquèrent dans une autre direction.

Kosi était de plus en plus inquiet. Jusque-là, il s'était senti en sécurité avec Akimbo, mais son « grand » cousin n'arrêtait pas de changer d'avis, et il avait de plus en plus de mal à lui faire confiance. Leurs ombres s'allongeaient sur le sol, à présent. Il devait être plus de quatre heures de l'après-midi. À six heures, le ciel s'assombrirait et le soleil se coucherait. Ils se retrouveraient seuls en pleine brousse, à l'heure où les prédateurs sortent chasser. Les léopards, les lions... Quelles seraient leurs chances, contre des fauves aussi dangereux ?

Akimbo non plus n'en menait pas large. Il s'imaginait l'inquiétude de Jen et se demandait ce qu'elle allait faire. Essayerait-elle de partir à leur recherche ? Retourne-

rait-elle au camp de la réserve, pour appeler le père d'Akimbo à l'aide ? Dans l'un et l'autre cas, il allait devoir s'excuser de s'être éloigné si imprudemment. Et désormais, son père y regarderait à deux fois avant de le laisser partir seul en brousse. Cette idée le faisait grincer des dents.

■▪■ CHAPITRE 8 ▪

Au secours !

En Afrique, la nuit tombe d'un coup, sans crier gare. À un moment, le ciel est uniformément bleu et, une minute plus tard, il s'assombrit et les étoiles se mettent à scintiller. Puis les dernières lueurs du jour s'éteignent et la terre se retrouve plongée dans une obscurité profonde qui recouvre tout, comme un rideau de velours noir.

– Nous allons devoir chercher un endroit sûr pour nous mettre à l'abri, décréta Akimbo.

– Un endroit sûr ? Mais où ça ? demanda Kosi.

Il avait beau regarder autour de lui, il ne voyait rien qui aurait pu leur servir de refuge. Pas de rochers, pas de grottes – pas même un arbre où ils auraient pu grimper pour se mettre en sécurité comme dans un hamac…

Akimbo cherchait, lui aussi, mais sans succès. Ils ne pouvaient tout de même pas rester là, exposés à tous les dangers !

– Et si on essayait d'appeler à l'aide ? suggéra Kosi.

Même à lui, l'idée ne paraissait pas très convaincante – mais une mauvaise idée, c'était mieux que pas d'idée du tout !

– Il y a peut-être des cabanes dans les parages, ajouta-t-il, sans grand enthousiasme. Ou même un campement de rangers…

Akimbo se dit que ça ne les avancerait pas à grand-chose d'appeler au secours, mais que pouvaient-ils faire de mieux ?

Fouillant la nuit du regard, il prit donc son souffle et cria : « Au secours ! », de toutes ses forces, tandis que Kosi en faisait autant. Ils s'arrêtèrent, l'oreille aux aguets. Ç'aurait été un vrai miracle, si une voix amie leur avait répondu… mais ils n'entendaient que le silence de la nuit, à peine troublé par l'écho lointain de leurs voix se réverbérant sur les rochers de la colline. « Au secours ! Au secours ! » Leurs appels étouffés semblaient se démultiplier, avant de se dissoudre dans l'air.

Puis ils recommencèrent. « Au secours ! Au secours ! » crièrent-ils – toujours sans résultat. Mais juste au moment où ils allaient abandonner, ils entendirent quelque chose.

– Qu'est-ce que c'était ? demanda Akimbo, effrayé.

Et si leurs cris avaient attiré un prédateur… ? Un lion, peut-être…

Le bruit se reproduisit et ce n'était ni le rugissement d'un lion ni le feulement d'un léopard. C'était un jappement.

Akimbo et Kosi en restèrent cloués sur place. Un babouin ! Ils se remirent à crier de plus belle et, au bout de quelques secondes, un autre aboiement leur répondit.

Akimbo avait bien noté la direction d'où il venait.

– Par ici ! murmura-t-il à Kosi. Il n'est pas bien loin.

Pas à pas, les deux garçons se frayèrent un chemin dans la nuit noire en tâchant d'éviter les buissons d'épines et les autres obstacles qui se dressaient sur leur chemin.

Ils allaient le plus vite possible, tantôt marchant, tantôt courant à petites foulées, portés par l'espoir d'apercevoir leur guide. S'il s'agissait d'un des babouins de la troupe, il leur suffirait de le suivre jusqu'à la colline où dormait le reste du clan. Et de là, ils n'auraient plus qu'à regagner la hutte…

Tout à coup, Akimbo s'arrêta. Il avait entendu du bruit dans un groupe de buissons.

– Qu'est-ce que c'est ? murmura Kosi, le cœur battant.

Ça pouvait être un léopard ; Kosi n'avait pas oublié celui qu'ils avaient dérangé, le soir de leur arrivée.

Mais ce n'était pas un léopard. Sous les yeux des garçons, glacés de frayeur, une silhouette sombre surgit des buissons. Celle d'un babouin ! Et malgré l'obscurité, Akimbo et Kosi remarquèrent un détail très intéressant : ce babouin boitillait !

« Ben… ! » murmura Akimbo, le cœur bondissant de joie. C'était comme de retrouver un vieil ami, au moment où tout semblait perdu !

Le babouin s'arrêta et les regarda un long moment, comme pour les jauger. Puis, avec un autre grognement, il se remit en marche et partit dans la pénombre, de sa curieuse démarche de babouin, un peu de guingois. Sans avoir besoin de se dire un mot, les garçons lui emboîtèrent aussitôt le pas et le suivirent à distance suffisante : ni trop près, pour ne pas effrayer leur sauveteur, ni trop loin, pour ne pas risquer de le perdre de vue.

En fait, ils étaient beaucoup moins éloignés du camp qu'ils ne l'avaient craint. Au bout d'une demi-heure de marche, ils aperçurent un minuscule point lumineux qui brillait dans la nuit, droit devant eux. La porte de la hutte !

– Merci, Ben ! s'écria Akimbo et, suivi de près par Kosi, il s'élança vers la lumière.

Jen fut si heureuse de les retrouver qu'elle les serra dans ses bras à leur couper le souffle.

– Vous m'avez fait une de ces peurs ! Je vous ai attendus jusqu'au coucher du soleil, et je m'apprêtais à aller chercher de l'aide au camp des rangers. Mais je me suis dit que vous ne sauriez plus quoi faire, si vous rentriez à la hutte et que vous trouviez le camp désert. J'ai donc préféré attendre jusqu'au matin. J'ai bien fait !

Elle leur prépara une bonne soupe chaude pendant qu'ils lui racontaient leurs aventures.

– C'est ma faute, commença Akimbo. J'avais vu des traces d'autruche et puis…

– Quelle importance, que ce soit ta faute ou pas ? l'interrompit-elle. Vous avez réussi à revenir sains et saufs… Pour moi, c'est la seule chose qui compte !

Akimbo était bien content de ne pas se faire gronder, mais il avait retenu la leçon : dans la brousse, il faut toujours garder en mémoire les détails du chemin, pour pouvoir s'en souvenir au retour.

Sage précaution, qu'il n'oublierait pas de sitôt !

Bien sûr, ils racontèrent à Jen comment Ben leur était venu en aide. Elle écouta attentivement leur récit.

– Je ne sais pas s'il l'a vraiment fait de façon délibérée, dit-elle. On peut supposer qu'il passait là par hasard, et qu'il regagnait justement son campement, lui aussi…

Akimbo garda le silence. Il savait qu'il ne faut jamais prêter ses propres sentiments aux animaux, parce qu'ils ont des raisons bien à eux pour agir, et que leurs raisons n'ont souvent rien à voir avec les nôtres. Mais au fond de lui, il était bien convaincu que Ben les avait reconnus, et qu'il avait tenu à les remercier de l'avoir soigné et délivré de son fil de fer. Il en aurait mis sa main au feu ! D'un coup d'œil, il s'assura que Kosi en était tout aussi persuadé que lui.

Le lendemain, ils levèrent le camp et firent leurs bagages. Comme ils se dirigeaient vers le camion, Akimbo aperçut quelques babouins qui les observaient, perchés sur une branche. Il était trop loin d'eux pour pouvoir bien distinguer leurs visages, mais il aurait juré que Ben faisait partie du groupe.

– Au revoir, mon vieux Ben ! fit-il entre ses dents. Et encore merci !

Les babouins gardaient les yeux fixés sur eux. L'un d'eux leva la main – sans doute pour chasser une mouche... quoique, peut-être pas, se dit Akimbo. Peut-être voulait-il lui souhaiter bon voyage !

FIN

Sacrés babouins !

- Il existe cinq types de babouins : le babouin olive, le chacma et le babouin de Guinée, que l'on trouve dans différentes parties de l'Afrique ; quant aux babouins hamadryas et aux babouins jaunes, ils sont présents en Afrique et en Arabie. Le babouin olive et le babouin jaune sont les espèces les plus communes. Les plus petits sont les babouins de Guinée, et les plus grands sont les hamadryas.

- On dit parfois que les babouins sont des singes cynocéphales, c'est-à-dire « à tête de chien ». Et effectivement, leur museau ressemble à celui d'un chien. Ils appartiennent à la famille des primates.

- Ils vivent sur le sol et sont omnivores, c'est-à-dire qu'ils mangent de tout, depuis l'herbe jusqu'à de petites antilopes. Il arrive même qu'ils attaquent les villages pour y voler de la nourriture. Ils ont un faible pour les sucreries et savent récolter la sève sucrée qui coule des acacias.

- Ils se réveillent entre sept et huit heures du matin et descendent des arbres pour s'épouiller les uns les autres, pendant que les petits jouent entre eux.

- Le babouin était un important symbole religieux dans l'Égypte ancienne, ce qui est pour le moins curieux, puisque l'espèce n'est pas présente en Égypte à l'état naturel.

- Les zoologues ont découvert que, bien qu'ils ne fassent pas partie de la même famille génétique que l'espèce humaine, les babouins sont pourtant très proches de nous par leur aptitude à la vie sociale. Ils forment des groupes reposant sur une hiérarchie et un ensemble de règles très strictes.

- Un groupe de babouins s'appelle une « colonie » ou une « compagnie ».

- Les babouins possèdent un répertoire de plus de trente-six signaux vocaux pour communiquer entre eux, mais ils savent aussi s'exprimer par gestes, tout comme nous : ils peuvent, par exemple, bâiller en montrant les dents en signe de menace. D'aucuns prétendent même que nous utilisons ce genre de signal, nous aussi... Alors la prochaine fois que vous bâillez, demandez-vous si vous n'exprimez pas tout autre chose qu'un urgent besoin de sommeil !

- L'espérance de vie des babouins se situe entre vingt et trente ans dans la nature mais, en captivité, ils peuvent vivre bien plus vieux.

- Pendant la nuit, pour se protéger des prédateurs (dont l'homme, qui est de loin le plus dangereux...), les babouins dorment perchés sur les arbres ou les falaises. Ils sont souvent la proie des léopards, des lions, des guépards et des chiens sauvages, quoique leur taille imposante, particulièrement dans le cas des hamadryas, en fasse de redoutables adversaires.

- Une tribu de babouins peut parcourir jusqu'à dix kilomètres par jour en formation organisée. Ils se déploient pour se nourrir et fouillent le sol en quête de nourriture qu'ils rapportent au campement.

- Ils sont affectés par la mort de leurs amis et de leurs parents. On rapporte qu'en Ouganda, un petit groupe de babouins étaient restés postés autour du corps d'une femelle tuée sur la route et avaient refusé de s'en éloigner pendant une demi-heure. Un autre rapport signale le cas d'une bande de babouins qui lançaient des pierres et des bâtons sur les voitures après la mort d'un de leurs jeunes, tué dans un accident similaire.

- En dépit de ces réactions qui semblent fondées sur la sympathie, les babouins ne sont pas toujours très tendres ! Ils peuvent s'en prendre violemment aux intrus et les mâles se livrent une lutte sans pitié pour la domination des femelles.

- Les babouins forment une vaste population parce qu'ils sont tout aussi adaptables que nous, et peuvent s'acclimater à toutes sortes d'environnements. Au besoin, ils n'hésitent pas à voler une chèvre par-ci par-là à leurs voisins humains. Ils préfèrent généralement le climat sec de la savane, mais certaines espèces prospèrent dans la moiteur de la forêt tropicale.

TABLE DES MATIÈRES

Alexander McCall Smith est né en 1948, au Zimbabwe, où il a passé une partie de sa vie. Professeur de droit, il a enseigné en Afrique, aux États-Unis, en Italie et, jusqu'en 2004, à l'université d'Édimbourg où il vit actuellement. Il commence à trente-deux ans une carrière d'écrivain en publiant un livre pour enfants, *Le meilleur hamburger du monde* (Castor poche), qui lui vaudra un grand succès. Il a, depuis, écrit une cinquantaine de livres dans des genres aussi divers que l'essai, la nouvelle ou le roman jeunesse. Avec ses séries policières, *Agence n° 1 des dames détectives du Botswana* et *Le club des philosophes amateurs*, il a acquis une renommée internationale.

Peter Bailey est né en Inde, à Nagpur, et habite aujourd'hui près de Liverpool, en Angleterre, avec sa femme, Sian, également illustratrice. Après avoir suivi des études d'art à l'université de Brighton, il a été enseignant pendant plusieurs années. Il a illustré de nombreux livres pour enfants, collaborant avec les plus grands auteurs, tels Dick King-Smith (*Le dragon des mers)*, Michael Morpurgo (*Au pays de mes histoires)*, ou encore Philip Pullman (*L'Épouvantail et son valet)*.

Akimbo et les éléphants

(Folio Cadet n° 474)

Akimbo vit avec ses parents près d'une grande réserve africaine. Un jour, alors qu'il accompagne son père et les rangers en tournée de surveillance, ils découvrent une éléphante abattue dont on a volé les défenses. Akimbo a même le temps d'apercevoir son éléphanteau qui s'enfuit. Bouleversé et révolté, le jeune garçon décide de s'attaquer aux braconniers et échafaude à l'insu de ses parents un terrible plan. Il infiltre le réseau des malfaiteurs et participe à une expédition nocturne…

Akimbo et les crocodiles

(Folio Cadet n° 486)

Akimbo est tout excité à l'idée d'accompagner John, un spécialiste des crocodiles, qui lui propose un jour de prendre part à une enquête de terrain. Après avoir assisté à l'éclosion des œufs, ils s'aventurent sur le fleuve en canot pneumatique et débarquent sur une île pour suivre les bébés qu'ils ont marqués. Fou de joie, Akimbo ne réalise pas à quel point ces animaux peuvent être dangereux. L'expédition tourne au drame et Akimbo aura besoin de toute sa force et de tout son courage pour sauver son nouvel ami.

Akimbo et les lions

(Folio Cadet n° 500)

Un fauve attaque le bétail et les fermiers ont appelé le père d'Akimbo à la rescousse. Les rangers décident de lui tendre un piège et Akimbo se retrouve une nuit en embuscade. Une lionne parvient à s'enfuir, tandis que son petit est fait prisonnier.
Akimbo l'adopte aussitôt et passe la fin des vacances à s'occuper de Simba, son nouvel ami. À la rentrée, le lionceau qui a grandi vient le retrouver à l'école, semant la panique. Le père d'Akimbo convainc alors son fils de le ramener en brousse pour le réacclimater à la vie sauvage.

Akimbo et les serpents

(Folio Cadet n° 519)

Akimbo adore sa vie dans la grande réserve où travaille son père. Il peut y observer de nombreux animaux mais, hélas, rarement des serpents, car ils fuient à son approche. Aussi, quand son oncle Peter l'invite à passer les vacances chez lui pour visiter son reptilarium, Akimbo est ravi. Fasciné, il apprend à connaître cet animal peu familier.
Un jour, son oncle reçoit un coup de téléphone : un serpent très rare, un mamba vert, aurait été aperçu dans les parages. Akimbo accompagne son oncle sur les lieux, afin d'essayer de le capturer. La mission se révèle aussi passionnante que dangereuse !

A F

ISBN : 978-2-07-062680-9
N° d'édition : 168384
Loi n° 49-956 du 16 juillet 1949
sur les publications destinées à la jeunesse
Dépôt légal : janvier 2010
Imprimé en Espagne par Novoprint (Barcelone)